쉿,

쉿,

1판1쇄 발행 2020년 5월 8일

지은이 김홍숙
펴낸이 김형근
펴낸곳 서울셀렉션 ㈜
편  집 문화주
디자인 이찬미
마케팅 김종현

등  록 2003년 1월 28일(제1-3169호)
주  소 서울시 종로구 삼청로 6 (03062)
편집부 전화 02-734-9567 팩스 02-734-9562
영업부 전화 02-734-9565 팩스 02-734-9563
홈페이지 www.seoulselection.com

ⓒ 2020 김홍숙

ISBN 979-11-89809-23-2 03810

쉿,

김흥숙 시산문집

서울셀렉션

# 차례

## 3장  두려워 말고 침묵하기

우리는 꽤 오래 생각하지 않고 살았습니다.

우리가 누구인지 알려 하지 않고 남들의 성취를 우리의 목표로 삼았습니다.

네모 속에서 태어난 아이들을 네모난 책상에 앉혀 네모난 가치관을 주입했습니다.

인간을 배우고 이상을 키우며 실천을 연습해야 할 대학을 직업학교로 전락시켰습니다.

온 가족 함께 밥 먹는 일이 드물어지며 '식구'는 사라지고 '가족'도 흩어져 한집에 사는 남이 되었습니다.

관계는 '인맥'이 되어 사랑도 우정도 관리해야 할 무엇이 되었습니다. 온라인 오프라인에서 무수한 모임이 생겨나고 사람들은 앞다퉈 모임의 일원이 되었지만 그러면 그럴수록 외로워졌습니다.

외로운 사람들은 위안을 찾아 회당을 찾았습니다. 함께 모여 큰소리로 기도하고 노래 부르며 외로움을 잊으려 애썼습니다. 기존 종교에서 위안을 찾지 못한 사람들은 새 차로 갈아타듯 새 종교에 귀의했습니다.

텔레비전, 유튜브, 책, 사회관계망서비스SNS 등 무수한 매체가 누구나 사용할 수 있는 광장이 되었습니다. 설익은 지식이 난무하고 말하기 좋아하는 자들이 목청을 높이니 세상은 날로 시끄러워졌습니다.

이런 현실을 만든 건 우리들이지만 우리는 그걸 몰랐습니다. 몸담고 있는 현실이 싫어 틈날 때마다 가상현실로 또 먼 나라로 여행을 떠났습니다. 몸통은 크고 다리는 가느다란 사람, 댓글로는 무슨 말이든 할 수 있지만 직접 대화에는 서툰 사람들이 늘어나고, 지구촌은 '노마드'의 땅이 되었습니다. 늘 여행을 하거나 여행을 꿈꾸며 살다보니 모든 일이 여행 중에 본 풍경처럼 느껴졌습니다. 무수한 사람이 죽거나 고통받는 사건까지도.

그래도 우린 부끄러운 줄 몰랐습니다. 편리와 안락을 구가하며 살 만한 나날이라 생각했습니다. 우리는 그렇게 성장을 멈춘 아이들이 되어 나이와 지혜는 무관한 것이 되었습니다. 이런 날들이 쌓여갈 때 신종 코로나바이러스가 찾아왔습니다.

코로나19는 우리의 얼굴을 마스크로 가리라 합니다.

온갖 부끄러움을 저지르고도 부끄러운 줄 모르는 우리에게 부끄러움을 가르칩니다. 그러나 무지는 인간 최대의 적. 마스크로 돈벌이 장난질을 하는 사람들이 있으니 그들은 그 어리석음에 상응하는 벌을 받을 겁니다.

바이러스는 우리에게 이제 그만 '손 씻으라'고 강권합니다. 어떤 일을 하던 사람이 '손을 씻는 것'은 그가 하던 나쁜 일을 그만둔다는 뜻입니다. 코로나19에 걸리지 않으려면 비누로 손을 씻을 뿐만 아니라 그간의 삶의 방식을 버리고 다르게 살아야 합니다.

코로나19는 우리에게 생각하라 합니다.

지나온 길을 돌아보라 합니다. 남들의 박수와 인정을 좇는 방식이 옳은가 의심하라 합니다. 학교와 학원, 편의점과 분식센터를 오가던 아이들과 집안에 들어앉아 서로의 얼굴을 들여다보고 한 상에서 밥 먹으며 마음을 주고받으라 합니다.

각자 꼭짓점을 향해 달아나는 네모난 가치관에서 벗어

나 모든 것을 품는, 누구도 어디로 달아날 필요 없는 둥근 가치관을 나누라 합니다.

모든 좋은 것은 이미 우리 곁에 있으니 먼 땅 그만 떠돌고 주변을 둘러보라고, 이웃의 신음소리를 들어보라고 합니다.

각종 매체에서 떠들어대는 자들에게 현혹되지 말고 스스로 삶의 길과 지혜를 찾으라 합니다. 함량 미달의 지식 판매상들에게서 '강의'를 듣는 대신 책을 읽으라 합니다.

'인맥 관리' 하지 말고 진정한 '인간관계'를 맺으라고 '사회적 거리'를 강요합니다. 이익을 구하는 '인맥'의 거리는 늘 변하지만 진정한 관계는 시공을 뛰어넘으니 만나지 못한다고 약해지지 않음을 가르칩니다. 그렇게 우리의 진정한 친구가 누구인지 알게 합니다.

코로나19는 외로움은 본디 인간의 조건이니 홀로 이겨내라고, 회당에서의 집단 아우성을 멈추고 홀로 기도하라고 요구합니다.

우리는 너무 오랫동안 생각하지 않고 살았습니다. 무지

와 무식을 모르고 너무 크고 단호하게 떠들었습니다. 마스크를 쓰고도 떠드는 자는 마스크를 쓰게 된 이유를 모르는 어리석은 자입니다.

지금이라도 입 다물고 우리의 마음을 들여다보아야 합니다. 편리와 안락에 길들여진 아이의 상태를 벗어나도록 스스로 생각해야 합니다. 어쩌면 코로나19 사태는 우리가 '인간다운' 삶을 회복해낼 수 있는 마지막 기회일지도 모릅니다.

부디 이 기회를 잃지 말기를, 인류가 반성과 근신을 통해 절멸을 피할 수 있기를, 다시는 2020년 초처럼 전 세계가 '팬데믹'에 빠지는 일이 없기를 기원합니다.

이 책은 세 갈래로 이루어져 있습니다.

첫 갈래는 '나', 두 번째 갈래는 '우리', 세 번째 갈래는 '너머'입니다. 첫 갈래에서는 '나'라는 존재를 들여다보고, 두 번째 갈래에서는 '나'를 둘러싼 관계를 중심으로 우리가 우리를 관철하려 함으로써 더 큰 관계로 나아가지 못하는 것은 아닌지 돌아보려 합니다. 세 번째 갈래에서는 우리가 몸담고 있는 세계는 물론 그 너머 우리가 존재를 그친 이후의 세계, 즉 보이지 않는 세계까지 생각을 확장해 봅니다. 이 책을 읽는 분들이 세 갈래 길의 끝에서 흔들리지 않는 평화를 만나시길 빕니다.


2020년 봄

김흥숙

# 1장

착하게 살긴 글렀지만

그래도 나는

살아있는 한 나아지거나 나아지려고 노력해야 한다.
진화하지 않는 사람은 지루한 영화와 같다.

'나我'는 내가 제일 오래 알고 가장 잘 아는 동시에 가장 잘 모르는 존재입니다.

내 속에는 조상에게 받은 유전자는 물론 내가 살아온 모든 시간이 깃들어 있습니다. 울고 웃고 좌절하고 흥분하고 성내고 결심하고 희망하고 절망했던 모든 시간의 총화가 바로 나입니다.

살아있다는 것은 그 시간들을 통해 변화한다는 것입니다. 그 변화는 '나아짐'일 수도 있고 '나빠짐'일 수도 있습니다. 이 시대를 사는 사람들의 변화는 한마디로 자본주의화입니다. 자본주의가 힘을 발휘하는 시대인 까닭이겠지요. 사람은 환경의 지배를 받는다고들 하는데 그래서인지 요즘 부쩍 '돈이면 다'라고 생각하는 사람이 많아지고 있습니다. 어떤 사람이 어떤 일을 한다고 할 때 그 사람이나 그 일을 궁금해하기보다 그 일을 하면 돈을 얼마나 버는가 궁금해하는 사람이 많습니다.

나는 과연 돈 계산이나 하고 돈 많이 벌어 자랑하려고 힘들게 태어나 그 많은 시간을 헤쳐온 걸까요?

아닐 겁니다.

나는 물처럼 아름답고 위대한 존재일 겁니다.

실개천이 돌 틈을 흘러 강으로 가고, 그 강이 우여곡절 끝에 바다로 나아가 마침내 자유로워지듯, 나도 삶을 이루는 시간들을 견디고 그 과정에서 배움으로써 자유롭고 큰 '나'가 될 수 있을 겁니다. 꼭 그렇게 되고 싶습니다.

손바닥 가게들이 늘어선 길에

큰 도매센터가 문을 열었다

채소 노점 아줌마 한숨에 푸성귀가 시든다

도매센터 개점 행사엔 싸게 파는 것 많겠지만

착하게 살아보려 노점으로 간다

시든 애기 배추 두 근 천 원

조선호박 세 개 천 원

"애기 배추 떨이해요" 하시지만

이미 산 것만 들고 가도 내 어깨는 쑤실 거다

정 안 팔리면 저녁에 끓여 드시겠지

한참 집으로 걸어가다, 아차!

밤낮 시든 애기 배춧국만 먹는 거 아닌가

늘 팔다 남은 걸 먹느라

먹고 싶은 건 한 번도 못 먹는 거 아닌가


착하게 살긴 어렵다

착하게 살긴 글렀다

새 세상


아직 내 안의 사람

가보지 않은 길 가고 싶어

보기만 하던 길로 접어드니

꼬리 긴 꿩 놀라 달아나고

나뭇가지 자꾸 낮아져

문 없어도 들어가지 못하다가

뻣뻣한 허리 접고 머리 깊이 숙여

한 걸음 또 한 걸음

마침내 소나무 푸른 손

땀 맺힌 이마 어루만지며

'겸손한 자만이 새 세상에 들 수 있단다'

## 한 걸음씩

큰 나무 아래 흙 마당
자꾸 좁아진다
새끼손가락보다 작은 풀들
아침마다 한 걸음씩
앞으로 앞으로

식물이 세계의 주인 된
그 비밀을 알겠다

두려운 날엔

두려운 날엔 옛일을 생각합니다
환한 아침 도열한 의장대 앞에서
네 발을 쏘아 세 발을 명중시킨
안중근의 '코레아 우레'를!
나는 그와 비견할 수 없는 겁쟁이이나
나 또한 그와 같은 인간, 내게도
그 닮은 담대의 씨앗이 있을 거라고

오래전 출산을 앞두고
태어남에 죽음이 깃들진 않을까
두려울 때도 역사가 도왔습니다
알 수 없는 시간부터
아기를 낳은 여인들
아주 드물게 분만 중 사망해도
죽는 건 둘이요 인류는 지속되니
마음이 놓였습니다

낯선 바이러스가 출현하자
저마다 겁먹고 웅크리지만
질병 없는 시대가 있었던가
사별 없는 하루가 있었던가
낯익어지지 않는 낯설음이 있었던가
역사가 위로합니다

죽음은 태어남만큼 오래된 것
무엇 죽은 자리에선 다른 무엇 생겨나니
죽음처럼 확실한 약속은 없고
내가 존경하고 사랑하던 사람들
차츰 그 너머로 갔으니
아, 나는 두렵지 않습니다!

단풍나무

이 숲엔 셀 수 없이 많은 나무가 있지만
단풍나무는 한 그루뿐이다
가을을 밝히는 덴 한 그루면 충분하다

## 목련

개는 밥 주는 사람을 닮고
목련은 봐주는 사람을 닮는다
우리 마당 목련은 올 겨울에
벌써 네 번째 망울을 달았다


'너는 왜 시절을 모르고 까부니?'
자주 듣는 말의 뜻을 알 것 같다

나쁜 짓

시장의 큰 가게에서 참다래를 삽니다. 딸기, 포도, 참외는 앞쪽에 있지만 참다래는 제일 안쪽에 있어 사는 사람이 고를 수 없습니다. 바구니의 참다래를 검은 봉지에 담는 가게 주인에게 "단단한가요? 단단한 것으로 주세요." 하고 말하니 그이가 "그럼요. 이건 단단하고 이 옆의 것은 물렁한 거예요." 하고 대꾸합니다. 봉지를 받아 장바구니에 넣고 집에 와 참다래를 꺼냅니다. 물렁합니다. 하나만 무른 게 아니고 삼분의 이가 물렀습니다. "아, 나쁜 사람, 어쩌면 그렇게 아무렇지 않게 거짓말을 하지?" 탄식을 하는데 어디선가 읽은 구절이 떠오릅니다. 이 세상에 나쁜 짓을 하는 사람이 많은 이유는 '사람은 참말을 한다'고 믿는 사람이 많기 때문이라는 겁니다.

장사꾼, 정치인, 친구인 척하는 사람부터 전문 사기꾼까지 태연히 거짓말을 하는 사람들이 부자가 되고 권력가가 되는 것을 보면 화가 납니다. '에잇, 나도 나쁜 짓을 좀 해야겠다'고 마음먹습니다. 그런데 나쁜 짓을 어떻게 한다지? 고심 끝에 한 가지 나쁜 짓을 생각해냅니다. 어제 신문을 펼치고 앉아 손톱을 깎습니다. 똑딱, 손톱깎이의 위아래가 부딪칠 때마다 손톱 끄트머리가 신문에 떨어집니다. 하루 지난 신문이 신문지가 되듯 손톱에서 떨어져나간 손톱은 쓰레기가 됩니다. 손발톱 모두 깎고 나니 쓰레기가 연필심 가루처럼 쌓였습니다. 일반쓰레기 전용봉투에 넣어야 하지만 신문지를 들고 창가로 갑니다. 창문을 열고 신문지를 흔듭니다. 신문지가 깃발처럼 펄럭입니다. 저 아래 지상을 서성이던 제복 입은 남자가 눈을 치켜뜨고 묻습니다.

"뭐 하세요?"

어머나, 나쁜 사람 잡아가는 경찰인가 봅니다.

"시간을 털고 있어요."

"네?"

잠시 나와 신문지를 올려다보던 그이가 잠자코 발을 옮깁니다. 그이가 훈계도 하지 않고 가버린 걸 보면 나의 나쁜 짓은 실패했나 봅니다. 아니면 경찰이 아니고 입주자들의 온갖 갑질에 지친 수위였을까요?

그래도 나는
사람은 참말을 한다고
믿고 싶다.

기
도


1일에도

15일에도

29일에도

관리비를 내고

전기요금을 내고

카드값을 낸 후에도

늘 100만 원쯤 남아 있게 하소서


플라타너스 발등에 쓰레기를 버리고

밤새 비 씻어 마알간 길에 침 뱉고

너무 크게 짖어 천장에 금을 내는

천하고 낯익은 자들을 이내 지우며

절망만은 미룰 수 있게 하소서

눈
부릅뜨고

눈에 힘을 주고

어둠을 노려본다

2019년 12월 31일이 어떻게

2020년 1월 1일이 되는가

시간은 검디검은 물

숫자는 낡고낡은 칼

벤 물 베고 또 베다가

제가 먼저 녹슬어

사라지는


그 눈에서 힘 빼라

## '시'라는 영화

영화감독 곽지균의 영혼이
그의 주검을 바라보는 시각
시를 보러 갔다

거리엔 젖은 만장이 펄럭거렸다
사람 사는 세상에서 다시 만나자고
노무현이 웃었다

스크린 속에서나 밖에서나
얼마나 평등하게 힘든 일인가
살아있기란

세상의 먼지 먼지마다 숨 불어넣다
스스로 먼지가 되는 아카시아는
또 어떤가

그래도 살아야겠다
흐르는 강물 있어
죽음으로 끝나는 것 하나도 없으니

노인

별 위를 걷는
틀니 낀 아이

# 트리스탄식 엔딩


성장한 여인들이 쾌활하게 갱년을 애기하는 카페에서
서른셋에 자살한 트리스탄 이골프*의 부고를 읽는다
미국에서 일흔 번 넘게 퇴짜 맞은 첫 소설이
프랑스 출판인의 눈에 띄어 책이 된 게 스물일곱
그리고 6년 만에 제 머리에 발사한 총알


그 프랑스인이 그 미국인들처럼 퇴짜를 놓았다면?


어쩜 내가 갱년 너머 살아있는 건
아직 퇴짜 맞고 있어서일까


* Tristan Egolf (1971-2005). 미국의 소설가.

쉰 살이 되면 겨드랑이에서 날개가 돋는 듯한 기분을
느낄 것이다.
그걸 느끼지 못한다면 자신을 돌아볼 일이다.

혹시 50세가 아니고 49+1세를 살고 있는 건 아닌지?

살
아
가
는
건


일행 없이

거의　　홀로

느 릿 느 릿

석양 속으로 터벅터벅

## 도서관에서 배우는 것

시립 도서관 3층 자료실
열린 창문으로 벚꽃 향내 밀려들어
책꽂이의 책들마저 수런거리는 하오

후우욱 후우욱 커억 커억
누군가 봄을 제대로 먹었구나
두꺼운 책 네 권을 베개 삼아
검고 흰 머리

중국의 역사와 문화
중국 상식 중국 경제
뉴 밀레니엄 한중사전

먼 길 떠나려다 수마에 잡혔구나
그래, 푹 자 두어, 중늙은이

책은 자료실에 있고 중국은 아시아에 있지만

한번 놓친 잠은 다시 찾을 수 없고

잠자지 않는 자는 꿈꾸지 못하니

도서관 문 닫을 때까지 푹 자 두어


후우우우욱, 커어어어억!

코 울음소리 자꾸 커져도

깨우는 사람이 하나도 없다

도서관 드나들다 보면 알게 되는 것:

남의 모습은 내 과거 아니면 미래라는 것

잠

12시에 눕다

1시에 일어나다

1시 20분에 눕다

3시에 일어나다

3시 반에 눕다

5시 반에 일어나다

5시 50분에 눕다

7시에 일어나다


잠은 맛있으니

아껴 자야지!

점


팔뚝에 앉은 까만 벌레 한 마리
내려쳐도 문질러도 꼼짝 않는다
이런 독한 놈!
가만히 들여다보니
벌레가 아니고 점이다


몸에 박힌 점과
잠시 앉은 점도 구별 못 하는
그 눈으로 세상을 보고
예쁘다 밉다 한다
옳다 그르다 한다

가만히 들여다보니

벌레가 아니고 점이다.

# 행복

새벽 숲에서
졸졸 짹짹 쑥쑥
지저귐을 듣는 사람은
행복하여라
주머니엔 손뿐이어도

여럿이 여럿을
기다리는 곳에서
책 든 사람은 행복하여라
기다림에 지쳐 구겨지는
얼굴들 사이에서
브레히트의 시를 읽는 그 사람
'노자가 떠나던 길에 도덕경을
써주게 된 전설'*을 읽는 그 사람

---

* 베르톨트 브레히트 (Bertolt Brecht, 1898~1956)의 시 「Legend von der Entstehung des Buches *Taoteking* auf dem Weg des Laotse in die Emigration」

## 어떤 자서전

세 살배기 앞에 놓인 하얀 운동장

열두 살에게서 달아나는 붉은 꽃

스물넷이 서른넷과 마시는 이슬

마흔셋 낡은 발에 채는 누런 새 책

쉰다섯 잠을 깨우는 푸르죽죽한 땀

예순셋이 새벽 거울 앞에서 만나는 무색 여자

그리고 그때가 올 때까지 농과 담 사이 출렁이는 잿빛 강

어느 날


부음 두 장
청첩 두 장을 받고
백련시장에 갔다

기쁨이네집 아줌마는
족발을 삶고
정육점엔 세일 중인
삼겹살 줄이 길었다

떨이로 산
시든 오이 네 개
비에 젖어 반들거렸다
그냥, 버리고 싶었다

나의 소망


동갑내기 토니*에겐 미안하지만

죽는 날까지 죽을 수 있기를!


---

* Tony Nicklinson (1955~2012). 2012년 1월 법원에 안락사 허가 청원을 낸
  영국인.

버스정거장에서 망설인다.

집으로 갈까,

언젠가 가보려 했던 서점으로 갈까?

… 그냥 먼저 오는 버스를 타고 보자.

모든 결정을 내가 할 필요는 없지 않은가.

생물학적 질문

생물학자 최재천이 EBS에 나와 말했다, 인간처럼 아기 낳기를 그친 후에 오래 사는 동물이 없다고, 인간은 자신의 아들딸을 돌보는 것은 물론 그들의 자식까지 돌봐주기 위해 오래 살게 되었다고, 할머니 할아버지가 손자손녀를 돌봐준 덕에 아이의 부모들이 제 시간을 갖게 되었고, 그 시간 덕에 오늘날 인류 문명이 이만큼 발달한 거라고, 그러니 젊은 세대가 늙은 세대를 귀찮아하거나 구박하면 안 된다고…….

객석의 젊은이들 중에 고개를 끄덕이는 이가 제법 많았다, 긴 노년이 사랑의 산물이었구나, 문명을 발전시켰구나, 잠시 뭉클했던 마음에 궁금증이 일었다, 요즘 할머니 할아버지는 자기 인생 사느라 바빠 손자손녀를 남의 손에 맡기는데, 몸에 좋은 등산, 헬스, 사교댄스 하며 온종일 분주한데, 희생적이었던 조상 인류 덕에 편히 사는 오늘의 노년들, 이들의 직무 유기가 오랜 시간 계속되면 인간은 발달 대신 퇴행을 거듭하다 오래 살기 전으로 돌아갈까?

엄마라는 말처럼

나뭇가지를 부러뜨리고

질경이를 뿌리째 뽑고

발부리로 흙을 파헤쳐도

숲은 암말 않고

나를 안아 준다

어제 그랬던 것처럼

엄마라는 말처럼

매
미
1

매미가 돌아왔다고 쓰고 나면 미안하다
저 매미는 작년에 왔던 매미가 아니다
내 눈은 정확하지 않다
때린 사람 또 때리는
신의 눈처럼

## 나무와 사람

오월 초록 침묵에 젖어
눈 감고 귀 닫으려는 찰나
뒤통수 때리는 쉬익, 쉭!
한손에 지팡이 한손에 쇼핑백
팔십 년 낡은 증기 기관차

늙은 나무는 하늘에 닿고
늙은 사람은 땅에 닿는다
나무는 제 잎마저 버리는데
사람은 끝내 무엇을 들고 있으니

화장터에 다녀온 날


심장에서 시작된 잠 눈에 내리고
누워 펼친 신문 무거워
못 보고 덮으니 이불이더군
심장도 눈도 신문도 잠들어
문득 고요하더군

작취미성

해란 놈도 이젠 글렀지

높이 솟은 빌딩들 사이로

불콰한 쌍판 내밀고 허정거리는 꼬락서니


세상이 아침부터 미쳐 돌아가는 건

밤새 퍼마신 저 해란 놈 때문

제집 못 찾고 헤매는 저놈 때문


거리엔 시간의 똥 조각들

어디서 문 여닫는 소리 또

다시 소음의 하루

모두가 저놈, 저 해란 놈!

뷰티풀 라이프

나는 또 이감 중입니다
302호 307호를 거쳐
지금은 502호에서 자고 깹니다
친구들도 여기저기 흩어져 있습니다
2002호 803호 1004호

우리는 감옥의 뜨락에서
커피와 소주를 마시고, 때 때 로
아이들을 만듭니다

커피와 소주 맛을 알게 될 때쯤이면
아이들도 알게 되겠지요
저들도 우리처럼 이감 중이라는 걸
우리가 사라진 뜨락에서
끝없이 마른 목을 축이겠지요
어떤 아이들은 새 번호를 꿈꾸고
어떤 아이들은 아이를 만들 거예요
살아있는 한 끝없이 움직여야 한다는
우리의 가르침을 기억하면서

감옥은 언제나 만원이고
세상은 여전히 아름답겠지요
그리고 마침내 그들도 알게 되겠지요
바뀐 것은 번호뿐인데
그것으로 모든 게 달라졌다는 걸

살아있는 한 끝없이 움직여야 한다는
잔인한 가르침.

## 제조업의 어려움

이 공장은 분변 제조 전문입니다
60년 넘게 똥을 만들었습니다
그 정도 했으면 이골이 났을 텐데
왜 아직도 생산이 중단되거나
과잉 생산이 되는 겁니까?
아무래도 원료 공급 문제이겠지요
과식과 다이어트가 번갈아 이어지거든요
무릇 제조업이 어려운 건
인간의 변덕 때문이 아닙니까?

허기

아버지 떠나신 후
끼니가 버겁더니
새벽 세 시 속 쓰리네
검버섯바나나 허겁지겁
삼키다 눈물나네
칠십구 일 전
허기에서 해방된
아버지가 보고 싶네

시 1


영하로 가는 저녁
그대를 버렸다
오종종 일반쓰레기 봉지들 사이


그대에게 어울리는 집
그대에게 어울리는 옷
하나도 해줄 수 없으니
사랑도 아니라고


돌아서는 목덜미에 딱!
꽝꽝 어둠 죽비로
부활한 그대

죽지 않아야 사랑이라고
버릴 수 없어야 사랑이라고

영하보다 깊은 내 가슴에
그대그대그대
어쩔거나 그대 다시 불을 놓으니!

달이 작아지는 이유

금요일 밤
네온 출렁이는 연신내에서
달의 얘기를 들었지

제 식량은 어둠인데
먹을 게 자꾸 사라진다고
배가 고프니 가슴도 식어간다고

마침내 과학자들이
달이 작아지고 있다고 말했지
45억 살 먹은 달이
35억 살부터 오그라들었다고

내부가 차가워지면서
중심에서 표면까지 거리가
백 미터나 줄었다나

아니 그건 과학자들 얘기고
달에게서 들은 말은 달랐어
가슴이 식어 몸이 작아진 게 아니고
배가 고파 가슴이 식은 거라니까
사랑의 천적은 굶주림이라니까

오래된 미래

나는 나보다 조금 덜 낡은
뗏목 위에 누워 있고
그들은 날 둘러싸고 내려다본다
누구나 한 번쯤은
내려다보는 눈길을 받는 것이다
그 눈길이 사랑일 때도 있다

어떤 이는 울먹인다
어떤 이는 침묵한다
나는 조용한 사람이 좋다

나는 급속 냉동실로 들어간다
내가 이십 년쯤 사용한 냉장고
냉동실에서 말라가는 물고기들아
미안!
몸은 바쁘게 얼지만
춥지 않다

이제 나는 화로로 들어간다
1400도 불은 시끄럽다
얼지 않았으면 더 빨리 탈 텐데
에너지 낭비를 걱정하며 나는
재가 된다

밀가루보다 가벼워진 나
상자로 들어간다
나를 들고 가는 친구여,
작은 돌부리에라도 걸려
넘어져다오
어서 빨리 날고 싶다!

**2장**

봄이 온다는데

우린 아직

시든 채소와 못생긴 사과를 사자.

누군가는 그걸 먹어야 하니까.

　사람의 종류와 색깔의 종류, 어느 쪽이 더 다양할까요? 지구촌엔 78억 명이 살고 있고 이들은 각기 다릅니다. 색깔 하면 언뜻 크레파스 색깔을 떠올리는 사람들이 많지만, 그것은 산업이 만들어낸 표준색에 불과합니다. 새벽부터 다음날 새벽까지 세상은 끝없는 색의 변주로 가득 찹니다. 세상의 색깔은 단 2초도 같지 않습니다.

　시시각각 변하는 세상에서 사람들도 끝없이 변합니다. '난 원래 이런 사람이야'라는 말은 세상과 사람이 변한다는 걸 모르는 어린아이들에게나 어울리는 말입니다. 그러나 우리 주변엔 이 말을 하는 사람들이 흔합니다. '난 원래 이러니 네가 이해하라'거나 '난 원래 이러니 네가 양보하라'는 것이지요. 이 짧은 말 속에는 강고한 자기 관철 욕구가 숨어 있습니다.

　늘 자기를 관철시키려 하는 사람은 성장을 멈춘 어린아이 같은 사람입니다. 자기를 관철시키는 사람은 아무리 오래 살아도 자기의 크기를 벗어나지 못하니까요. 안타깝게도 세상엔 이런 사람들이 아주 많습니다. 자기 관철이 자기 성장의 장애임을 아는 사람들도 그런 사람들과 관계를 맺고 살아가는 게 세상입니다. 무수한 색깔의 조화가 세상을 경이롭게 하듯, 빨리 피는 꽃과 늦게 피는 꽃이 함께 뜨락을 아름답게 하듯, 다양한 사람들의 모자이크가 세상을 재미있게 합니다.

죽을 때까지 성장하는 삶을 살기는 보통 어려운 게 아닙니다. 자기 관철 욕구로 가득 찬 사람들, 모르면서 아는 척하는 사람들, 진짜와 가짜를 구별하지 못하는 사람들, 틀리게 하면서 다르게 하는 거라고 하는 사람들, 어리석으면서 가르치려 하는 사람들, 겁쟁이들……. 이 모든 사람을 포용하고 사랑할 뿐만 아니라 매일 어제의 자기를 죽이면서 나아가야 하니까요.

궁금해요


어느 순간부터
아무도 궁금하지 않았는데
모두들 마스크 뒤에 숨으니
그 목소리 궁금해요

어느 순간부터
시라곤 읽어본 적이 없는데
말이 마스크 뒤로 숨고 나니
들숨날숨 같은 문장이 궁금해요

사회적 거리 덕에
저만치 선 그대
그대 목소리 타고 흐르는
짧은 시가 듣고 싶어요
악수가 하고 싶어요

북카페


책이 잔뜩 꽂힌 서가 앞에서
독서모임 사람들이 결석자를 흉본다
책 자리에 거울이 있었어도 저랬을까
책은 왜 거울만 못할까
나는 왜 하필 여기에 왔을까
까 까 까 까마귀를 흉내 내다가
아 부끄러워, 책마다 거울이네!

늘 자기를 관철시키려 하는 사람은
성장을 멈춘 어린아이 같은 사람이다.

## 불효자의 점심식사

일요일은 엄마와 점심 먹는 날
일요일 아침 엄마에게 전화해
어디서 만날까 정하는데
엄마는 늘 전화를 받지 않지요
보청기를 꺼도 들리지 않는대요
신호음이 열 번쯤 울리면
"전화를 받을 수 없어……" 안내음이
나와요 두 번쯤 그 소리를 듣고 통화를
하면 운 좋은 날이에요 운 나쁜 날엔
엄마가 오빠와 사는 집에 전화하지요
오빠에게서 내가 전화했다는 말을 듣고
엄마가 내게 전화를 하면
마침내 우리는 장소를 정하지요
때로는 엄마가 먼저 전화를 해요
시작은 언제나 "전화했었니?"지요
했었던 때는 조용히 넘어가지만
하려고 했었던 때는 야단을 맞아요

장소 정하기는 늘 어려워요

나는 가까운 곳을 좋아하고 엄마는

처음 가보는 먼 곳을 좋아하니까요

우리는 주로 연희동에서 만나는데

거긴 적당히 가깝고 식당이 많아요

그렇지만 엄마는 "또, 연희동?" 하지요

테레비에 나오는 식당에 가고 싶대요

"엄마, 어디 가서 뭘 먹느냐가 중요해요?

얼굴 보는 게 중요하지" 하면

전화선 저편의 엄마는 그냥 "흥"

웃음인가 싶게 웃어요

일요일마다 엄마와 점심을 먹지만

난 효자가 아니에요

엄마가 원하는 곳에 가지 않으니까요

언젠가 엄마가 처음 가보는 먼 곳으로 떠나고

나면 나는 아주 오래 불효를 괴로워하겠지요

그걸 알면서 왜 나는 오늘도 "연희동!" 하는 걸까요

생각

일 년 묵은 낙엽 위에서
오래된 시간을 생각한다

녹슨 빗장 열어젖히며
성큼 걸어 나오는 당신

나는 여기서
당신은 거기서

허공 어디쯤에
연기 모아 길 놓으면
거기 어디쯤 우리 만나려나

## 구원

십이 월 사 일 영하 팔 도
나뭇가지 같은 청년이 칼바람 속에서
예수 믿고 구원 받으세요!
언 손으로 내미는 전도지
받아야 하나 말아야 하나
받으면 내일 또 올 테고
안 받으면 내일 또 올 테니
그냥 마음가는 대로 도리질

언 몸에 박힌 뜨거운 눈동자가 놀란 듯
구원 받으셨어요?

저 눈의 뜨거움으로
저 몸의 냉기를 쫓는가

청년이여 그대는 구원을 받았는가?

그 구원은 구원 救援 인가

구원 丘園 인가?*

*  救援: 죽음과 고통과 죄에서 건져냄.
   丘園: 세상을 피해 은거하는 곳.

마침내 당신을 사랑합니다


첫 삼십 년 홀로 걸어 내게로 왔지요
수줍은 두 눈 별처럼 반짝였지요


당신은 오른쪽 나는 왼쪽으로
N극과 N극처럼 S극과 S극처럼
그렇게 삼십 년을 돌았지요


당신의 생애가 새로 시작하는 날
당신 안의 나와 내 안의 당신이
둘이 합해 간신히 하나가 되었지요


당신 창문엔 흰구름 끼고
내 창문엔 밤낮 비 내리지만
마침내 우린 아무렇지 않게 되었지요

## 죽은 가수의 노래

당신의 사랑은 얼마나 깊은가요?

죽은 가수의 노래는 명랑하게 눈물을 불러낸다

그는 웃음과 울음 같은 것을 잊은 지 오래일 수 있지만

나는 아직 죽지 않아서 아직 이별 중이다

사랑의 슬픔 1


사랑받는 자들은 떠나가고
사랑하는 자들은 남는다
사랑받는 자들은 언제나
사랑보다 먼저 떠나간다

## 호프

23:48

롯데마트와 세븐일레븐 사이

열 받은 타이어 냄새

편의점 앞 파라솔 아래 낡은 남자들

네 캔에 만 원짜리 맥주 중

저렇게 죽어라고 어디로 달리는 걸까?

호프에 젖은 혀가 선창하자

아, 그야 물론 집이지, 호프들의 합창

저렇게 달리다가 진짜 가는 수가 있어, 호프 1

그럼 순교자 되는 거지, 보험료 덕에 남은

사람 편히 살 테니 흐 흐, 호프2

이 사람아 지가 낸 사고로도 보험금 받나

안 해 봐서 몰라 궁금하면 해 보든가

헛소리들 그만하고 술이나 마셔

아니 그게 나을지도 몰라

맨날 이렇게 바꿔 끼는 타이어처럼 사느니

한순간에 돌아가는 게
맞아 맞아 그게 나을지도 몰라
무슨 희망이 있어야 살지 희망이
그러니까 술이나 마셔, 첫 번째 호프가
다시 편의점으로 들어가 캔 네 개를
들고 나온다

06:48
롯데마트는 아직 자는 중이고
세븐일레븐은 조는 중
둘 사이엔 어느새 촘촘한 바퀴바퀴바퀴
파라솔 아래엔 호프의 흔적도 없다

느티나무는 목욕탕 손님처럼 벌거벗고 서 있다. 뼈로 엮은 조각품 같은 느티나무 아래로 걸어가는 그의 옷은 두껍다. 이편은 저격병처럼 그의 움직임을 주시한다. 이윽고 그는 새로 지은 다가구건물 앞에서 이편을 보며 손을 흔들고 살얼음 언덕을 내려간다.

아스팔트는 눈물로 검고 느티나무에선 뾰족뾰족 연두눈이 나온다. 그는 두어 번 연두를 올려다보곤 검은 길을 걸어간다. 느티나무 가지들 사이로 다가구건물 앞에서 이편을 향해 손을 흔드는 그가 보인다. 그는 언덕을 내려가고 건물은 움직이지 않는다.

그가 느티나무 잎들 사이로 들어가면 가슴이 철렁한다. 느티나무가 매일 그를 생식해 제 몸을 키우는 것 같다. 이편에선 그를 볼 수 없고 그도 이편을 볼 수 없다. 다정하지 않은 그도 철렁에 대해서는 조금 아는 것 같다. 느티나무 잎 지붕에서 세 걸음쯤 떨어진

곳에서 이편을 향해 손을 흔들고 느티나무 아래로 들어가는 걸 보면. 이편에선 그가 언덕을 내려가는 걸 볼 수 없고 다만 그러리라고 짐작할 뿐이다.

느티나무는 꼭대기부터 물들며 조금씩 잎을 떨군다. 푸르고 붉은 잎들 아래로 걸어가는 그도 아슴아슴 알록달록하다. 그는 푸름과 붉음이 조금 묻은 얼굴로 이편을 보며 손을 흔든다. 육십여 년 묵은 그의 손에서 떨어지는 빛깔들이 가을바람을 타고 날아간다.

언젠가는 이 길고도 짧은 습관도 끝날 것이다. 느티나무의 습관도, 습관처럼 요지부동인 다가구건물도 사라질 것이다. 이윽고 짐작만이 남을 것이다. 사라지는 것들의 눈에 담긴 것은 모두 사라진다는.

누군가에게 선물을 할 때는 생각해봐야 한다.
내가 주고 싶은 것을 주려 하는가,
그에게 필요한 것을 주려 하는가.

전자는 자기의 관철이고

후자는 선물일 가능성이 높다.

· 이름

숲을 이루는 무수수한 이름들 중
내가 아는 건 고작 소나무, 밤나무, 단풍나무

하늘에 점을 찍는 무수수한 새들
내가 아는 건 고작 참새, 까치, 딱따구리

식물도감, 동물도감 들여다보아도
숲에선 만나면 누구시더라 얼굴 붉혔네

키 큰 나무가 친절하게 말했네
"우리 이름은 모두 사람들이 붙인 수인번호,
그대가 모른대도 서운하지 않다네,
그대가 새 이름을 주어도 좋다네"

나는 그를 '잘생긴 푸른 잎나무'라고 불렀는데
숲은 온통 잘생긴 푸른 잎나무 천지였네
하는 수 없이 이름 끝에 1, 2, 3 번호를 붙이니
정말 수인번호 같았네

하는 수 없이 다시 식물도감을 펼쳐들었네
사람들이 하는 일엔 다 이유가 있구나
깨달았네

사
랑
의
슬
픔
2

사람 하나 떠나가면

길 하나 줄어든다

덕수궁 돌담길, 경복궁 건너편 길

사랑을 많이 하면 궁전이 된다

아무 곳으로도 가지 못한다

## 신을 위한 변명 1

로댕갤러리 지옥의 문조차
이만치서 보면 아름답다
이 세상도 먼 데서 보면
아름다울지 모른다
그래서 신이 아무 일 안 하는
것인지 모른다

신을 위한 변명 2


병든 애인은 아주 내 것이다
나 너머를 보던 눈은 신열로 붉고
엄마 찾는 아이처럼 내 손길만 기다리니
눈 코 입 모두 오롯이 내 것이다

그래도 나는 싫다
병들어 내 것 되는 사랑보다
질투에 까맣게 태우는 사랑이 낫다

신도 그러리라
자기만 바라보는 병자들보다
사랑 찾아 바쁜 사랑을 귀여워하리

세상도 그렇다


산이 시끄럽다
큰 새들은 침묵하고
손가락 새들만 삑삑거린다
세상도 그렇다
사람들도 그렇다

봄

시간은
너 있는 곳에서 시작되어
너 없는 곳으로 흐른다
바람도 거기서 오고
봄도 그곳에서 온다

나는 그냥 여기 서 있다

동행

1041열차와 1043열차는 묶이어 있다

1호에서 8호까지는 포항행

9호에서 16호까지는 울산행

경주까지는 한 몸으로 달리다가

경주에서 헤어져 포항으로 가고

울산으로 간다

동행이란 대개 그런 것이다

일주일에 두세 번 채소와 과일을 싸게 파는 가게에 들른다. 간판도 없는 그 '싼 채소집'에서는 오후 다섯 시면 떨이가 한창이다.

"대파 두 단 천 원!"

그녀가 내게 하소연한다.

"계속 소리를 지르니 목이 아파요!"

평소에 말을 주고받던 사이도 아닌데, 얼마나 목이 아팠으면.

목캔디 하나를 사다 그이에게 건넨다.

"하나 드시고 하세요."

그이의 커진 눈을 뒤로 하고 가게를 나선다. 내게
아픔을 토로한 그이가 사뭇 고맙다. 누구나 '착해
보이는' 사람에게 그러는 법이니까.

소쇄원 대나무들

소쇄원 마당은 가난한 집 아욱죽

손님 하나 올 때마다 물 한 그릇 더 부어

젓고 또 젓는


아무리 오래 살아도 굵어지지 못하는 대나무들

아무리 안 먹어도 가늘어지지 못하는 대나무들


생긴 대로 사는 거야 쇄 쇄 쇄

말 섞다 살 부비다 아욱죽 젓는 저 다리 다리

바
람

오래전 누구와 갔던 곳에
오늘 홀로 가는 것은
빈 고향집 빗장을 여는 것 같아

노랗게 자지러지는 산수유
마른 핏빛 벚꽃 그림자마다
그가 있다

바람 문득 몰아쳐 다행이다
실고 가버리는 것 있으니

할머니, 어디 계세요?


남영 1길 15번지
바랜 남색 철문 앞
지난 가을 앉았던 할머니
보이지 않는다

낮은 담 따라
금간 화분 스무 개
대파, 실파, 함박꽃까지 한창인데
그 옆에 휠체어 보이지 않는다
휠체어 옆 평상 공깃돌 같던
친구들도 보이지 않는다

할머니, 어디 계세요?

비 1


우산을 든 사람들은 떠나간다
신문을 든 사람들도 떠나간다
우산도 신문도 없는 사람들은
떠나는 사람들을 본다
젖는 건 마찬가지지만
빈손으로 떠나는 건 어렵다

8월

오랜만에 함께 걷는 아침
늙은 애인은 땀범벅입니다

숲은 어제보다 한 뼘이나 자랐는데
애인은 새벽보다 두 뼘이나 줄었습니다

자라는 이를 지켜보는 일이 사랑이면
작아지는 이를 지켜보는 일도 사랑이지요

자꾸 가벼워지는 애인
자꾸 무거워지는 산

숲이 자라는 것도
애인이 가벼워지는 것도
모두 사랑이지요?

## 그림자놀이

그림자 둘이 손잡고 걸어갑니다
큰 그림자의 다리는 길어
작은 그림자는 강아지마냥 종종댑니다
그렇게 삼십 년이 흘렀습니다

큰 그림자는 작은 그림자가 되었습니다
그림자놀이 힘들어 손 놓고 싶습니다
작은 그림자는 큰 그림자가 되었습니다
잡은 손에 오히려 힘을 줍니다
"엄마, 힘들면 쉬었다 갈까?"

경주 벚꽃

한 보름 이 길이 볼 만했어요
이젠 다 떨어져 볼 것이 없지만요

그러면 그렇지, 이 사람 젊다

꽃받침이 꽃잎만큼 아름답지 않았으면
'꽃은 아름답다'는 말도 없었겠지만
꽃받침을 보려면 기다려야 한다
꽃잎이 다 시들 때까지

비 2


비가
오면
사람들이
쓰지 않던
편지를 쓴다

그래서
비온 후
우체통이
더 예쁜가

어버이날 밤

아들 딸 며느리 사위
입을 수 없는 입성과
씹을 수 없는 고기
부산스레 내려놓고 돌아간 후
어둠을 흔드는 삼중창
불효의 '불' 자를 지워주느라
파김치 된 노부부와
낮잠을 설친 늙은 개의 코 울음

아기가 태어나지 않는 날이 많아졌다
탯줄 자르기를 멈춘 의사들 손엔
니코틴과 타르물이 들고
산부인과 자리엔 동물병원이 생겼다

조용한 집마다 통장의 숫자가 길어졌다
숫자로 눈 아픈 사람들은 인공눈물을 사고
울음소리를 듣지 못하게 된 사람들은
귀걸이형 디지털 보청기를 달았다

칠십 삼 년 만의 큰 눈이 온 날
보청기를 낀 사람들의 인공눈물이
눈 위에 구멍을 내고
성대수술을 한 강아지들과
중성화수술을 한 고양이들이
구멍에 코를 박았다
세상이 태어나기 전처럼 조용했다

세계에서 출산율이 가장 낮은 나라지만
이 나라에도 아기들이 태어난다.

아기들과 부모들에겐 미안하지만 아기들을 보면
마음이 아프다.

하필 '6차 대멸종,'이 진행 중일 때 태어났으니!

## 운 나쁜 구직자

백일곱 번째 면접을 보러 가는
정장 입은 젊은이
태풍 덕에 더 푸르러진 하늘이
'예쁘다!' 한다
태풍이 또 온다니 우산 챙기지! 하니
저 하늘에서 어떻게 비가 오느냐고
손사래 친다
낡은 뒤꿈치 신고 버스 내빼자
해 삼킨 바다 된 하늘 쏟아진다
그러게 보이는 것에 속지 말라니까!

## 헌 책들

헌 책방의 책들은
고아원 아이들
한 아이는 내 목에 매달리고
한 아이는 어깨를 감싸고
한 아이는 가슴으로 파고든다

마음 세 개에 겨우
칠천 오백 원!

## 인숙에게


네가 여기 있을 땐 한 번도
인숙이라 부르지 못했다
첫날부터 너는 인숙씨 나는 김선배였으니
호칭은 몸에 붙은 먼지인 걸
왜 몰랐을까

네가 여기 있을 땐 한 번도
단둘이 술을 마시지 못했다
나는 네게 술친구가 너무 많은 줄 알았으니
안다는 것은 모른다는 것의 다른 이름인 걸
왜 몰랐을까

언젠가, 너와 내가 몇 사람 사이에 앉아
처음으로 말이라 할 말을 나누던 시간
"난 김선배가 이런 사람인 줄 몰랐어"
쑥스러운 네 웃음이 얼마나 나를 위로했는지
왜 네게 말하지 못했을까

네가 키운 대파와 얻어 보낸 오이
다만 보이지 않을 뿐, 그들처럼 너도
아주 가지 않은 것을 안다
다시 만날 땐 네가 박선배
내가 흥숙씨이겠구나

봄이 온다는데


낮이 자라고 있다는데
어디선 눈이 녹고 있다는데
우린 아직
겨울 다람쥐처럼 가난한데

# 납골당

2030년이면 북극의 빙하가 사라진대
난 모르겠어 오층 창문의 말매미나 봐야겠어
어, 말매미가 없어, 떨어졌을까 날아갔을까
고개를 쭉 빼고 걱정스럽게 내다보는데
아랫집 창문에서 검은 머리통 하나가 쑤욱
어쩜 내 머리 위 창문에서도 또 하나
검거나 흰 머리통이 쑤욱 나와 있을지 몰라
산 자를 위한 납골당에 칸칸이 들어앉아
지구의 목을 밤낮으로 조르면서
북극의 빙하나 말매미의 추락을 염려하는 자들

위로

키다리 전봇대
산과 집 사이 노숙하다
이잉 이잉 숨죽여 운다

지나가던 새가 전선에 앉아
울지마 울지마 하다 함께 운다
때로는 함께 우는 것만이 위로가 된다

이열치열

외로울 땐

더 외로운 사람들에게로

마스크

거리 두기

팬데믹

개점휴업

취소 취소 취소

격리

뉴욕 하르섬

때로는 함께 우는 것만이 위로가 된다.

가
뭄

사랑이 실패하면 목이 마른다는데
이 땅을 태우는 건 누구의 실연인가
얼마나 큰 사랑인가

껍질과 돌과 먼지와 별에 대하여

맥스 퍼킨스와 토마스 울프와 존

스타인벡과 주세죽과 허정숙과 고명자*

조상들은 모두 우리를 위해

힘든 세상 건넜을 거다


살아가는 일 사랑하는 일 죽음에게 가는 길

어느 것도 쉽지 않다는 걸

우리의 생만 껍질과 먼지로 떠돌다

돌과 별이 되는 게 아니라는 걸

그걸 알려주려 취하다가 피 흘리다가

그렇게 죽었을 거다


---

\* 맥스 퍼킨스 (Max Perkins, 1884~1947). 미국의 출판 편집자. 헤밍웨이 등
  의 작가를 발굴했다.
  토머스 울프 (Thomas Wolfe, 1900~1938). 미국의 소설가.
  존 스타인벡 (John Steinbeck, 1902~1968). 미국의 소설가.
  주세죽 (1901~1953). 사회주의 계열 독립운동가, 언론인.
  허정숙 (1902~1991). 사회주의 계열 독립운동가, 언론인, 북한의 정치인.
  고명자 (1904~?). 사회주의 계열 독립운동가, 언론인.

그
길

길을 새기는 몸짓이 사랑이래

적어도 한 생쯤 지워지지 않는

깊고 긴 눈 밑 그 길

바로 당신

은행잎

편지를 썼어요, 석양만큼 녹슨
너무 오래 끌어안고 있었나 봐요
바랜 편지지 부끄러워요

기다렸어요, 당신의 시선
남들은 보지 못하는 흔적들
당신은 알아보리라 생각했어요

떠나려 해요, 내일처럼 낯익은 곳
바람의 어깨에 앉아
아파트의 닭만큼이라도 날고 싶어요

다시 만나요, 새벽처럼 외로워도
부디 살아있어요
바랜 편지지보다 더 노오랗게 바래서라도

## 저출산의 좋은 점


태어나는 이가 많다는 건
눈물의 양이 많아진다는 것
욕망이 많아져 허기가 늘어나는 것


태어나는 이가 줄어든다는 건
세상이 조금 조용해지는 것
움직임이 줄고 그리움이 늘어나는 것
사람이 점차 귀해지는 것, 노인마저!

선물

내 가난을 모르는 사람들이
선물을 준다 꽃 차 책 같은 것을
가난을 들키지 않아 다행이다 하다가
다음에 또 한 글자 선물을 줄 거면
돈이나 쌀 술을 줬으면!

3장

두려워 말고
침묵하기

미세먼지가 자욱한 길이어도 민들레는 별처럼 빛난다.
진짜 빛은 그런 것이다.

***

　말은 본래 마음을 옮기는 수단이었으나 정말 중요한 것은 오히려 말로 표현할 수 없다고 했습니다. '염화시중拈華示衆의 미소'라는 불교용어가 뜻하듯, 말하지 않고도 마음과 마음이 통하는 것이 최고의 대화법이라는 것이지요. 그러나 연꽃을 들어 보인 부처님과 그 부처님을 보고 빙그레 웃음으로써 가르침에 화답한 가섭을 현실세계에서 찾기는 불가능에 가깝습니다. 대부분의 보통 사람들은 말로 마음을 드러내고 남의 말을 들음으로써 상대의 마음을 짐작합니다. 그런데 디지털시대가 되면서 말이 기형화되기 시작했습니다. 말을 글자로 적어 표현하는 글도 마찬가지입니다. 표현할 수 있는 수단은 스마트폰과 사회관계망서비스 등으로 다양해졌지만 한정된 화면과 사용자들의 조바심이 글의 길이를 제한하면서 글은 글이 아닌 글자 묶음이 되었습니다.

　디지털기기 밖에서 말은 준비된 '반응' 같은 것으로 전락했습니다. 생각하며 말하는 사람은 줄고 사람들은 탁구공을 치듯 말을 주고받았습니다. 자연히 대화는 '발등의

불'이나 눈앞에서 일어나는 일에 국한되며 소음이 되었습니다. 사회의 소음이 갈수록 심해지며 사유는 실종되었습니다. 사유는 침묵 속에서 피어나는 싹과 같은 것이기 때문이지요. 바로 이때 찾아온 신종 코로나바이러스는 모두에게 마스크를 씌워 말 아닌 말을 하지 못하게 합니다. 말을 그치고 소음 너머를, 눈앞에 보이는 것들 너머를 보라 합니다. '도道는 하는 수 없이 닦아도 도道'라고 했습니다. 침묵의 껍질을 버리고 침묵에 몸과 마음을 담글 때입니다.

봄밤


봄밤에는 결국
울게 된다


낮 동안 너무
많은 꽃들을
보았기 때문이다

변하지 않는 것

밤이 길면 낮이 짧다

지운다는 것

새벽 6시
어제를 지우는 시각
그대 섰던 자리
주황색 유니폼들 긴 비 들고
절 마당 쓸 듯 성실하다

근데 저게 분명 지우는 걸까
지워지는 걸까
지워질 수 있을까

Cogito ergo sum


7월 창가에서

겨울을 생각한다


지난 겨울엔 바로 여기서

여름을 생각했는데


나는 생각한다

고로 존재한다

묵언

아무것도
쓰지 않겠다고 마음먹자마자
쓸 거리가 많아졌다

쓰고 싶은 것을 참는 것이
쓰는 것보다 훨씬 어렵다
묵언이 절집의 수행법인 이유를 알겠다

보왕삼매론* 별편


새벽 지구를 긁는 노인의 수레

개미 등에 얹힌 거미 시체처럼

마른 발목 잡아당기는 상자들


죽은 것이 살아있는 걸 괴롭히는 건

사랑만큼 흔한 일

괴롭히는 게 돕는 거라고!


* 중국 명나라 승려 묘협이 지은 『寶王三昧念佛直指』중 제17편「十大碍行」에
  나오는 구절. 삼매를 닦을 때 방해가 되는 열 가지 장애를 극복하는 법에 관한
  글.

측량


벚꽃의 조도

를 재려면

그가 남긴 우물

의 깊이를 재야

겠지 어둠은 빛

을 재는 유일

한 척도

월정사

삼월 한 길 눈 두른
월정사에 가고 싶네
하늘이 붙들어 둔*
그 발 보고 싶네

---

* 어떤 젊은 중이 중노릇 못하겠다며
  떠나려 했는데, 눈이 너무 높이 쌓여
  떠나지 못했다나. 하는 수 없이 주저앉은 중,
  하는 수 없이 큰 스님이 되었다나.

## 천사가 추락할 때

베네수엘라 카나이마 국립공원에는
세계에서 제일 높은 엔젤폭포가 있다지
구백칠십구 미터 물기둥 따라 천사들이 추락하면
세상에서 제일 예쁜 무지개가 걸린다지

이곳에선 가끔 무지개가 놀았는데
이젠 아주 보이지 않는다지
여기서 추락하는 건 사람들뿐이니까

비가 내려 길이 많이 막혔다. 경복궁역으로 가는
버스가 자꾸 가다 서다를 반복하니 젊은이가 출구
쪽으로 다가섰다. 버스가 한 번 더 서면 계단으로
내려설 것 같았다. 슬그머니 그의 옆으로 가서 낮은
목소리로 말했다.

"길이 많이 막혀요. 아직 경복궁역 아니에요.
도착하면 알려 드릴게요."

"아, 네, 감사합니다."

마침내 경복궁역.

"내 팔을 잡으세요.""네."

"바로 앞에 물웅덩이가 있어요.""아, 네."

"어디로 가세요? 지하철 타세요?""네."

함께 지하철역 계단을 내려가며 그가 말했다.

"저 같은 사람 돕는 거 배우셨어요?""아니오."

"그런데 참 잘하시네요."

오늘은 내 생애 최고의 칭찬을 들은 날.

안
개

가속 중인 지상의 시계를

고치러 온 하늘수리공의 옷자락

## 내 탓이 아니다

벤자민 잎도

아기의 눈도

새 것은 모두 반짝인다

내가 반짝이지 않는 건

내 탓이 아니다

파도


지구 똥구멍쯤 박힌

뿌리에 묶여

죽어라 날갯짓하는 저

거대한 새들

어제처럼 낯익은 울음소리

.

시간 1


귀에서 시작되어
귀에서 끝나는
뫼비우스의 띠

혹은

울음으로 시작해
눈물로 끝나는 어떤 신파

물건의 무거운 정도 또는 사물이나 사람의 중요도나 됨됨이를 뜻하는 '무게'는 참 재미있습니다. 무게는 시간이 흐르며 무거워지기도 하고 가벼워지기도 합니다. 일 년을 담은 열두 장짜리 달력은 십이월에 가장 가볍지만 이불은 오히려 반대입니다. 이불의 무게는 대개 십이월과 일월에 제일 무겁습니다. 이불 중에서 가장 가벼운 갓난아기의 이불은 아기가 자라며 점차 무거워집니다. 요즘은 가볍고도 따뜻한 재료로 만든 이불이 흔하지만 노인들은 대개 무게가 조금 느껴지는 이불을 좋아합니다. 아마도 그건 노인들의 시간이 가볍기 때문일 겁니다. 살아갈 시간이 젊은이들보다 대체로 짧으니까요.

인간의 생애처럼 무거움과 가벼움이 교차하는 현장도 없을 겁니다. 어머니의 몸에 잉태된 순간에는 한없이 가벼운 존재이지만 점차 큰 태아가 되어 어머니의 몸을 무겁게 합니다. 더 이상 무거워질 수 없을 때에 세상에 나오면 다시 가볍고 연약한 아기가 되고, 시간의 흐름과 함께 무겁고 큰 성인으로 성장하다가 마침내 승화원의 굴뚝 너머로 가볍게 날아갑니다. 그러니, 가벼운 존재 하나가 무게를 얻으려 애쓰고 무게를 얻은 후엔 다시 가벼워지다가 '무게'라는 말로부터 아주 해방될 때까지의 기간, 그것이 바로 인생이 아닐까요?

## 취미

살아있는 자들의 취미 한 가지는
죽은 사람들에 대해 얘기하는 것

죽음이 패배라는 듯
자기들이 이겼다는 듯
주름진 입을 놀리는 것

저 봄 언덕을 기어오르는
징하디 징한 자들

화

오래된 심장을 벌겋게 달군 분노가
주름진 입술 사이로 쉿소리를 낸다
이봐요 늙은이, 그 불길이 향해야 할 곳은
저 어리석은 젊은이가 아니란 말이오

당신은 그 애를 채우고 있는 시간을 질투하지만
그는 제 안의 시간조차 모른단 말이오
늙은 몸은 시간을 담았던 풍선이란 걸
당신이 그때 몰랐듯이 그 또한 모른단 말이오
모르는 자의 말로는 다 같아 저 또한
당신을 닮아갈 것을 모른단 말이오

그러니 그 불이 태워야 할 것은
젊음이 아니고 무지 아니겠소?

젊은이와 노인이 싸운다면
노인의 잘못이 크다.

아무리 똑똑한 젊은이일지라도
그는 아직 가보지 않은 길을 알 수
없다.

매미 2


날개를 말리고 있는 저 매미는
허물 벗기 전의 생애를 기억할까


우리가 벗을까 말까 하는 버릇들은
어느 시대의 껍질일까
우리가 슬픔 혹은 기쁨이라고 부르는 눈물은
어느 시대의 빗물일까


우리는 몇 번의 생애를 거쳐
이곳에 온 걸까


매미가 벗는 허물을 우리가 벗지 못하는 건
우리가 곤충류가 아니기 때문일까
우리의 허물이 너무 커서일까

시

죽은 것은 스미고
산 것들은 떠돈다
아주 짧은 시차가 있을 뿐이다

시는 스미는 것과 떠도는 것들을 부르는
또 하나의 이름, 또는 비명
혹은 그 모두를 지우는 한 잔의 술

목
격

비가 그림을 그린다
분홍 꽃잎을 지우고
초록잎을 그려넣는다
목격하지 못한 목소리가 떠든다
'비 오고 나니 벚꽃이 다 졌네!'

눈

눈

눈


전생의 친구들과 후생의 친구들이 보내는

흰 편지의 침묵, 마음을 설레게 해요

"이 편지는 보는 즉시 녹아버리니

한눈에 메시지를 숙지할 것!"

있었던 것은 없었던 것이 되고

없었던 것은 있었던 것이 되는

침묵의 망토 위에서 언젠가 만날

당신에게도 따끈 달콤한

불면 한 잔

눈

눈

눈

완성되지 않은 잠

완성되지 않은 잠이
비늘처럼 쌓여요
비늘이 무거운
물고기들이 가는 곳
완성되지 않은 잠과 잠
잠의 무게를 타고 아래로

그날도 지상은 오늘처럼
시끄러울 거예요
완성되지 않은 잠과 잠
잠의 소리로
그러나 나는 하염없이
조용하겠지요 마침내 내
잠도 완성되겠지요

겉으로 보면

행복해
즐거워
맛있어

겉으로 보면
다 좋은 사람

어떤 사람이 매일 세 끼씩 먹는다는 게
참을 수 없이 구차하게 느껴져 하루
한 끼만 먹었더니 지독한 변비가 됐대요

삼 초짜리 사고 후유증이 석 달 삼 년 가듯
하루 변비가 삼 일 또 삼 일 여러 날 가니
존경하던 한의사를 찾아갔대요

사연 들은 한의사가 빙긋 웃더니
"중 된 지 얼마 안 된 중들 중에 변비가
많습니다. 사람은 동물이라 꽤 많이 먹어야
몸이 제대로 돌아갑니다. 먹는 걸 줄이려면
자기 안의 동물성부터 줄여야 합니다"

마침내 변비를 벗어난 그가 의사에게
"이제부턴 식물성 인간이 되어 보려고요.
우선 화분부터 몇 개 들여놓아야겠어요"

자기 안의 동물성부터
줄여야 한다.

낙
조


벚꽃 잎 점점이 누운 산길

늙은 중 하나 눈물 훔친다

# 백합은 언제 죽는가

예식의 주인공들은 여행을 간 지 한참인데
예식을 장식했던 백합은 아직 꽃 피우는 중


백합의 식욕은 언제나 그치는가
물을 향기로 바꾸는 백합의 노동은 언제 끝나는가
도대체 백합은 언제 죽는가
백합의 생애보다 기~인 우리의 노동은?

# 무심

오래전 무심이라는 중과 물을 길러 갔어요
처음 만났는데 오래된 신발처럼 편해서
친구에게 하듯 말했지요
"저는 참 게으르답니다"
무심이 무심하게 말했어요
"도는 게으름에서 나온다지요"

얼마 전 오랜 친구와 나무 아래를 걸었어요
늘 드바쁜 친구 앞에 부끄러워 말했지요
"세상은 핑핑 도는데 난 여전히 거북이야"
친구가 무심하게 말했어요 "그럼 어때?
우아함은 느림에서 나온대"
친구의 말이 어느 때보다 느렸어요

물 한 번 함께 긷고 헤어진 무심을
다시 한번 만나고 싶어요
무심은 여전히 무심 중일까요
우아를 말하던 친구를 보고 싶어요
친구의 말은 그날처럼 느릴까요

# 분묘개장공고

2010년 1월 아이티에서 '영원히 잠 못 이루는 자들의 날' 창립회의가 열렸다. 전 세계 195개국의 죽은 자들이 포르토프랭스*로 몰려들자 묵은 시체들이 지하에서 일어서며 함성으로 환호했다.

지상이 지하가 되고 20만 명이 새로 영원한 불면에 들어선 후에야 묵은 시체들은 회의가 지하에서 열림을 알았다. 수백 년 식민통치와 노예제, 홍수와 사막화와 태풍 덕에 아이티는 주최국답게 최대의 대표단을 보냈다.

---

\*   Port-au-Prince, 아이티의 수도.

한국은 주빈국답게 두 번째로 큰 대표단을 보냈다. 성공한 혁명과 실패한 혁명, 하루도 빼지 않고 무너지는 무엇들, 하루도 쉬지 않고 지어지는 무엇들 덕에 한국 대표단의 리더는 충남 보령시 영보리 묻힌 지 겨우 이십 년 된 젊은 시체였다.[**]

[**] 2009년 영보리에 산업단지를 조성하기 위해 분묘를 개장한다는 공고가 났다. 그곳에는 죽은 지 얼마 안 된 이의 분묘도 존재했을 것이다.

우주에는 선악이 없다.

균형에의 의지가 있을 뿐.

쉿!


모든 것은 입에서 시작되었네

사랑을 조롱하는 입

친절과 온기를 잃고

수다와 허언을 찬양하며

과식을 부추기고

밤낮 기복 재판하는 입


모든 것은 코에서 시작되었네

장미와 카네이션과 비와

바람의 향내를 잊고

단짠단짠과 고기고기

무한리필과 노다지

천국을 찾아 킁킁거린 코

모든 것은 발에서 시작되었네
집과 흙과 무덤을 잊은 발
뿌리내리는 법을 잊고
쉼 없이 낯선 곳으로 달린 발

모든 것은 눈에서 시작되었네
구름과 별, 이슬과 눈물을 잊고
코 앞 현실엔 꺼풀 내리고
가상현실을 헤매는 눈

모든 것은 귀에서 시작되었네
나비의 날갯짓과 새의 노래
봄비의 입맞춤에 문 닫고
소음에 팔린 귀

그 입 그 코 닫아라
그 발 멈추어라

눈과 귀는 열어두니
이방보다 낯선 너희 속 보아라
네 이웃의 신음에 담긴
네 목소리 들어라

마스크를 쓰고도 험담하는 자
마스크를 쓰고도 거짓말하는 자
마스크를 쓰고도 볼륨을 높이는 자
그 코와 혀가 썩은 무처럼 녹아내리리

너희를 대신해 죽은 자들을 위로하라
답은 언제나 문제 속에 있는 것
깨달은 자들은 두려워 말고 침묵하라
그믐달처럼
쉿!

잠시
멈춤

그리고

봄.

《쉿,》은 시와 산문을 모은 책입니다. 제가 첫 시산문집 《그대를 부르고 나면 언제나 목이 마르고》를 낸 것이 1990년이니 꼭 삼십 년이 흘렀습니다. 그 삼십 년 동안 저도 세계도 아주 많이 변했습니다. 저는 속도를 좇는 언론인의 삶을 떠나 늦게 피는 꽃을 사랑하는 시인이 되었습니다. 한때는 어둠을 지우는 보름달을 좋아했지만 이제는 지친 하루의 끝에 쉼을 제공하는 어둠과 그믐달을 사랑합니다. 보름달은 '오늘'을 환호하게 하여 소음을 자아내는 일이 많지만 그믐달은 대개 침묵 속에서 어제를 반성하며 '내일'을 생각하게 하니까요.

세계는 지성, 덕성, 예술적 감수성 같은 인간 본래의 가치를 도외시하고 편리, 소비, 안락을 제공하는 '부富'를 추구하며 환경을 파괴했습니다. 사람들이 동료 인간들보다 돈을 더 좋아하고 마음이나 됨됨이보다 외모와 가진 것에 주목하면서 인류의 이름 '호모 사피엔스Homo Sapiens(슬기로운 사람)'는 그 의미를 잃었습니다. 바다, 육지, 섬 모두 쓰레기장이 되어 사람이 일주일 동안 '섭취'하는 미세플라스

틱의 무게가 신용카드 한 장의 무게에 이르렀습니다. 지구 온난화로 대표되는 기후변화가 심화되면서 '인류의 활동으로 지구의 자연환경이 변화된 지질시대'를 뜻하는 '인류세人類世, Anthropocene'라는 용어가 등장했습니다. 잘 사는 자본주의 국가들이 에너지를 과잉 소비하고 이산화탄소를 배출해 지구온난화를 초래했으니 전 인류에게 책임을 지우는 '인류세' 대신 '자본세資本世, Capitalocene'라는 용어를 써야 한다는 주장도 나왔습니다. 그러나 양심적인 학자들의 목소리는 편리와 안락을 부추기는 자본주의 슬로건에 묻혀 잘 들리지 않았습니다. 오히려 인공지능, 빅데이터 등 디지털 기술을 이용한 4차 산업혁명에서 선두를 차지하기 위한 달리기에 속도가 붙었습니다.

코로나19는 바로 이 시점에 찾아왔습니다. 서너 달 만에 수만 명의 목숨을 앗아가며 전 지구적 달리기를 중지시켰습니다. 삼십 년 만에 처음으로 우리는 '쉼표의 시간'을 살도록 강요당했습니다. 텅 빈 거리에서, 셔터가 내려진 상가에서, 기계가 돌지 않는 공장에서 우리는 우리가 쌓아올린

'부'가 얼마나 허약한 것이었는지 뼈저리게 느끼고 있습니다. '사회적 거리두기'와 원격 수업과 화상 회의를 하면 할수록 우리가 얼마나 서로의 체온을 필요로 하는지, 함께 있는 시간을 그리워하는지 깨닫고 있습니다. 세계는 하나의 마을이고 한 곳의 불행은 곧 지구촌 전체의 불행이며 나의 삶은 타인들의 삶과 연결되어 있다는 것, 무엇보다도 인간은 재앙에서조차 사랑할 줄 아는 위대한 존재라는 걸 깨치고 있습니다. 그리고 코로나19가 산업 활동과 비행기 운항을 감소시킨 덕에 돌아온 파란 하늘에서 우리가 가야 할 길을 봅니다.

학교에서나 일터에서나 쉬는 시간은 꼭 필요합니다. 글의 쉼표가 앞뒤 문장 사이에 숨 쉴 틈을 주듯, '쉼표의 시간'은 배운 것을 갈무리해서 자기 것으로 만드는 시간이자, 집중하느라 긴장했던 정신과 육체를 이완시키는 시간이고, 다음을 준비하는 시간입니다. 코로나19는 어느 날 문득 우리에게 마스크를 씌워 '쉼표의 시간'을 강요했지만, 이 시간을 비탄과 불평에 낭비할 것인가, 삶과 세상을 개선하는 데 쓸 것인가는 우리에게 달려 있습니다. 재앙에서 반성하는 자는 더 큰 재앙과 후회를 피할 수 있지만 반성하지 않는 자는 결국 후회 속에 파멸합니다. 우리는 지금 우리에게 주어진 '쉼표의 시간'에 지난 30년을 돌이켜보며 변화의 길을 가야 합니다. 그래야 코로나19로 숨진 수만 명의 희생이 헛되지 않을 겁니다.

인류가 처음으로 함께 쓰게 된 오늘의 마스크가 새 시대의 깃발이 되면 좋겠습니다. 강요된 침묵 덕에 잃었던 마음을 되찾고 시대의 어둠을 그믐달의 어둠으로 바꿔 초승初生 같은 새 날을 맞는다면, 인류가 다시 '슬기로운 사람'이라는 이름에 걸맞은 존재로 돌아간다면, 그러면 얼마나 좋을까요?